Faiyra Zann
Sehnsucht nach daheim

Faiyra Zann

**Sehnsucht
nach daheim**

Kurzgeschichte zu
'Nebel über Eden I'

Überarbeitete Fassung

Erstausgabe:
Anthologie „Kunst zu Tage fördern" 2013
Print:
Dezember 2016

© Faiyra Zann 2013
www.faiyra-zann.de

Covergestaltung: BoD, Norderstedt
Foto: Heinz-Peter Gerber

Herstellung und Verlag:
BoD - Books on Demand, Norderstedt
ISBN: 9783743102361

Canahis hatte ihr bestes Gewand an, als sie zum ersten Mal dem Menschen begegnete, der ihr zugedacht war. Auf der Insel war es Tradition, dass sich die, von den Sternen erwählten, (zumindest wurde ihnen das so erzählt), in dem Moment das erste Mal trafen, als das Mädchen die siebente Tag- und Nachtgleiche erlebte. Das Volk ging davon aus, dass es ein gutes Omen sei, wenn sich für ein Leben in Partnerschaft gedachte, an solch heiligem Gestirnenstand zum ersten Mal sahen. Es hieß, dann wären beide offen füreinander, und würden sich mit gegenseitiger Achtung begegnen. Es gab Paare, die sich ineinander verliebten und es ein Leben lang blieben, andere bauten ihre Partnerschaft auf Freundschaft auf oder ergaben sich einfach ihrem Schicksal.

Als Harrik seiner Zukünftigen das erste Mal in die verschüchterten grün-braunen Augen sah, traf ihn beinahe der Schlag. Er war ganze neun Ernten alt und wusste mit diesem Gefühl der Hilflosigkeit und des Erkennens nicht anzufangen. Deshalb zog er sich schnell zurück.

Canahis verblieb in ihrem verschüchterten Zustand. Sie registrierte Harriks Reaktion und fürchtete, ihm nicht zu gefallen. So verlief das erste Treffen sehr kurz. Mit gesenktem Kopf machte sie sich an der Seite ihres Vaters auf den Rückweg. Dieser hatte stolz von ihren Vorzügen berichtet und ihre Schönheit angepriesen. Canahis wusste nichts von Schönheit. Sie wusste nur, dass dies die erste Gelegenheit war, in der ihr Vater sich überhaupt mit ihr beschäftigt hatte. Und sie wusste, dass es ihr nicht gefiel, wie er sie anblickte. Wie er mit seiner wulstigen Hand über ihren Rücken strich. Vielleicht mochte Harrik sie deshalb nicht? Noch weniger gefiel ihr, dass ihr Vater nun begann, den Knoten an ihrem Hinterkopf zu lösen und dann gedankenverloren mit ihren Haaren spielte. Sie trat einen Stück zur Seite, von ihm weg. Da griff er mit seinem Arm um ihre Hüfte und zog sie ganz dicht an sich heran.

"Kleines", säuselte er, "mach dir keine Gedanken um den Jungen. In diesem Alter weiß unser Geschlecht einfach nichts mit euch anzufangen!"

Geschlecht? Canahis wusste nicht, wovon ihr Vater redete. Bei den Spielkameraden, mit denen sie die wenige Freizeit verbrachte, gab es keinen Unterschied zwischen Mädchen und Jungs. Und da konnten doch auch alle "etwas mit ihr anfangen"! Noch immer in den, ihr unangenehmen, Armen des Vaters gefangen, war ihr Innerstes kurz davor zu erstarren, als dieser sie noch näher an sich heranzog, mit seinem bartbewachsenen Gesicht immer näher an das ihre kam und in ihr Ohr säuselte:

"Glaub mir, Kleines, das ändert sich schnell."

Alles in Canahis hatte sich verkrampft. Diese Berührungen ihres Vaters waren ihr ekelig. Hätte sie gekonnt, wäre sie weggelaufen und hätte sich verkrochen. Doch so sehr sie es auch versuchte, sie konnte sich nicht aus der Umklammerung des Mannes lösen. Als er ihr Gesicht dem seinen entgegen hob, brach sie in Tränen aus. Der Vater blickte verwundert an dem Kind herab und ließ Canahis dann so plötzlich aus der Umarmung, dass sie fast gefallen wäre.

"Ach, du bist wohl doch noch zu jung."

Der Blick, der Canahis zuvor so unangenehm gewesen war, änderte sich in beinahe noch mehr schmerzende Eiseskälte. Von da an schenkte ihr der Vater keine Beachtung mehr. Sobald sie daheim war - mit einem Mal war sie sich nicht mehr sicher, dass dem auch wirklich so war -, verkroch sie sich in die hinterste Ecke ihres Lagers. Dort zog sie die Knie an ihren Körper und schlang die Arme um diese. Es dauerte eine Zeit, bis sich das Gefühl von Ekel zumindest so weit gelegt hatte, dass sie sich traute, sich auszustrecken. Wie konnte der Vater nur so gemein zu ihr sein? Ihr waren die Tränen in die Augen geschossen, als sie mit anhören musste, wie ihr Vater auf die Frage, wie das Treffen verlaufen war, mit einem herablassenden "Die kleine Grazie scheint dem Herren nicht gefallen zu haben. Ist aber auch kein Wunder", antwortete. Was hatte sie denn bloß falsch gemacht? Und was war nur mit ihrem Vater los? Es dauerte einige Zeit, bis die Mutter nach ihr sah.

"Na, was ist denn passiert?", wollte diese wissen.

Canahis murmelte nur kraftlos:

"Wie er mich angesehen hat ... und berührt ..."

"Oh", erwiderte ihre Mutter zwischen Überraschung und Heiterkeit schwankend. "So schnell? Da musst du es ihm aber mächtig angetan haben!"

Canahis standen schon wieder die Tränen in den Augen. Was war denn bloß mit den Erwachsenen los?

"Weißt du, das ist ein Zeichen dafür, dass er dich will", versuchte die Mutter sich an einer Erklärung.

"Was will er denn von mir?"

Das Mädchen war der Verzweiflung nahe. Die Mutter schaute versonnen.

"Dich. Deinen Körper, deine Seele ..."

"Das will ich ihm aber nicht geben!" Canahis schrie schon fast.

"Oh, doch, das wirst du. Aber ihr seid beide sehr jung. Das kommt alles mit der Zeit. Es wundert mich ein wenig, dass der junge Harrik schon solche Avancen macht!"

Nun war Canahis klar, dass ihre Mutter sie falsch verstanden hatte. Der schon geöffnete Mund klappte wieder zu, als ihr bewusst wurde, dass das, was auf dem Rückweg geschehen war, wirklich falsch war. Plötzlich schämte sie sich maßlos. Die Mutter bemerkte das Erröten ihrer Tochter, deutete es aber falsch.

"Dafür brauchst du dich nicht zu schämen, Süße, das ist alles ganz natürlich!"

Völlig erschöpft antwortete das Mädchen nur noch:

"Ich will nie wieder angefasst werden, niemals!"

Damit wandte sie das Gesicht der Wand zu. Ein kaltes Grauen hatte sich ihrer bemächtigt und sie zitterte. Das war es, was sie erwartete? Das, was ihr gerade geschehen war, würde später Harrik mit ihr tun? Und sie wäre immer so hilflos ausgeliefert, würde diesen Ekel ständig ertragen müssen? Am liebsten wäre sie auf der Stelle gestorben! Als die Mutter ihr sanft über das Haar strich und sich mit den Worten "Ach, du bist noch so jung!", verabschiedete, drehte sich ihr Magen um.

Harrik war verwirrt. Warum fühlte er sich, als würde ihm der Boden unter den Füßen fortgerissen? Warum sah die ganze Welt mit einem Mal anders aus? Und welche Sicherheit stand hinter all diesem Chaos? Denn, wenn der Junge auch sonst nichts mehr zu wissen schien, der Sicherheit am Ende war er sich bewußt. Eigentlich hatte Harrik mit dem Sohn des Nachbarn in den Wald gehen wollen. Stattdessen streifte er allein am See entlang. Der schien sich verändert zu haben. Form und Farbe, die Konturen der Wellen. Ihm war, als würden diese auch in ihm sachte hin und her schwappen. Das machte ihn schwindelig. Die Vögel klangen lauter als sonst, aber auch melodischer. Das Blau des Himmels, dass sich im Wasser spiegelte, war intensiver und wenn er den Blick in die Tiefe des Sees lenkte, tauchten immer die Augen des Mädchens auf, dass ihm vorhin vorgestellt worden war. Dahinter lag diese unerklärliche Sicherheit ... Er schrak zusammen, als er eine Hand auf der Schulter spürte. Es war der Nachbarsjunge.

"Hier steckst du also! Wir wollten doch in den Wald!"

Als der das bleiche Gesicht mit dem hilflosen Blick aus scheinbar riesigen Augen, seines um zwei Sonnen jüngeren Kumpels sah, prallte er einen Schritt zurück.

"Was ... Was ist denn mit dir los? Was ist passiert?"

"Nichts ... Nichts ... ist mehr ... wie es eben ... noch war ... und ... überall ... sehe ich ... in diese ... Augen ...", stammelte Harrik.

Es verlangte dem Nachbarsjungen einige Mühe und Geduld ab, aus Harrik herauszubekommen, was dieses Chaos in ihm ausgelöst hatte. Dann brach er in schallendes Gelächter aus.

"Oh, und ich habe mir schon Sorgen gemacht, dass du ernsthaft krank bist! Augen, überall diese Augen ... tzz"

Harrik war beleidigt. Er hatte von seiner Seelennot berichtet und sein Kumpel machte sich lächerlich darüber!

"Komm, Harrik", dieser hatte bemerkt, dass er zu weit gegangen war. "Die Frauen rauben uns nun mal den Verstand. Das ist ein Gesetz des Lebens, aber nicht wirklich schlimm. Glaub mir, das legt sich wieder."

Harrik sah ihn erstaunt an.

"Du meinst ... Die Kleine? Aber ... wir haben ... doch kaum ein Wort gewechselt ..."

Er stammelte schon wieder. Zwar hatte er die Älteren schon öfter darüber sprechen hören, was ihnen mit den Mädchen passiert war, aber das war anders. Die berichteten von Treffen mit den Zukünftigen und dass der erste Kuss, nach Jahren des Kennenlernens, sie total aus der Fassung gebracht hatte. Er versuchte sich zu erklären. Der andere Junge hörte aufmerksam zu. Danach war es für einige Augenblicke sehr still zwischen den beiden. Schließlich begann der andere:

"Hm, es scheint so, als wärest du dieser Person restlos verfallen ... Weißt du, wie in den Legenden von den Wesen des großen Gewässers, mit denen man sich nicht einlassen soll ..."

"Aber, ich habe mich doch gar nicht eingelassen!", empörte sich Harrik.

Bedauernd blickte sein Kumpel zu ihm hinab. Der Jüngere hatte sich am Ufer niedergelassen. Er konnte einfach nicht mehr stehen.

"Ich fürchte doch. Du hast es wahrscheinlich nur nicht gemerkt. So was gibt es. Ich zum Beispiel habe mich vor einiger Zeit in die Freundin meiner für mich Auserwählten verrannt ..."

"WAS?" Harrik war entsetzt.

"Nein, nicht, was du jetzt denkst!"

Der Größere musste grinsen.

"Ich bin nicht ehrbrüchig geworden. Nur, dieses Weibsstück hat mich bis in meine Träume verfolgt. Ich konnte überhaupt nichts dagegen machen!"

Harriks Gesicht schien nur noch aus seinen Augen zu bestehen, der Mund war halb offen. Endlich brach es aus ihm heraus:

"Und was hast du gemacht?"

"Es meiner Anvertrauten gebeichtet ..."

"Auweia, und?"

"Ich hatte mit Tränen und Gezeter gerechnet und habe erleichtertes Lachen als Antwort bekommen."

Harrik kam es vor, als würde er von einer Katastrophe in die nächste stolpern. Fassungslos sah er zu seinem Freund hoch. Dieser schmunzelte.

"Tjaa, der jungen Dame, die ihr Leben mit mir teilen soll, geht es nämlich nicht besser ..."

Harrik schnappte nach Luft und verschluckte sich dabei.

"Wie", keuchte er, „die träumt auch von der Freundin?"

Murial musste wieder lachen.

"Bei Raheel, nein, du Dummerchen! Die träumt von einem anderen Jungen!"

"Ach du Schreck! Und was macht ihr nun?"

Langsam machte sich bei Harrik eine Art Belustigung an der Verzweiflung breit. Beim Aufstehen hatte seine Welt doch noch Bestand gehabt. Und jetzt war wirklich nichts mehr wie vorher! Nie im Leben hätte er gedacht, dass es so ein Durcheinander geben könnte! Und nicht nur er war in ein solches Chaos geschlittert!

Murial ließ sich neben den jüngeren fallen.

"Da wir schlecht zu unseren Eltern gehen können, mit der Bitte, uns doch an die anderen zu vergeben, versuchen wir, uns das, was wir von denen aus den Träumen nicht bekommen können, gegenseitig zu geben ..."

Die Sonne zog ihre Kreise und der Zeitpunkt der nächsten Begegnung rückte näher. Während Canahis völlig verzweifelt nach einem Weg suchte, dieser aus dem Weg zu gehen, war Harrik damit beschäftigt, herauszufinden, was ihn so an diesem, ihm unbekannten Mädchen, faszinierte.

Canahis arbeitete im Garten und im Haus wie eine Besessene, nur, um nicht an das zu denken, was ihr geschehen war und daran, was ihr geschehen würde. Kaum eine Nacht hatte sie seitdem ruhig geschlafen.

Harrik absolvierte seine Aufgaben eher mit Gleichmut. Immer war er auf der Suche nach seines Rätsels Lösung. Selbst, wenn er auf seinem Schlafplatz lag, kreisten seine Gedanken um dieses eine Thema.

Canahis hatte keinen Ausweg gefunden, dem Treffen zu entgehen, Harrik rätselte immer noch. Canahis bestritt den langen Fußweg zur Hütte der Hirtenfamilie in gehörigem Abstand vom Vater, der eisig schwieg. Das Mädchen war sich nicht sicher, ob es zitterte, weil es Angst vor der Begegnung mit dem Jungen hatte oder ob es an der Kälte lag, die ihr vom Vater entgegenschlug, von dem, bei dem sie bis vor kurzem angenommen hatte, er würde sie vor allem Ungemach beschützen. Ganz allgemein fehlte ihr das Empfinden, sicher zu sein. Mit niemandem hatte sie über das, was passiert war, reden können und sie fühlte sich unendlich allein. Allein in einer Welt, die ihren Glanz verloren zu haben schien. Sie kämpfte schon wieder mit den Tränen, als der Vater sie, ein wenig unsanft, näher an Harrik heranschob. Dieser erschrak leicht. Da war es wieder! Eine einzige Bewegung! Eine Bewegung, deren Schwingung bei ihm alles durcheinander brachte. Nun sah er genauer hin und er bemerkte die Angst des kleinen Mädchens. Dieses war ungefähr einen halben Kopf kleiner als er, schmal gebaut mit langsam aufblühender Weiblichkeit. Er deutete die Angst der Kleinen natürlich falsch und brachte deshalb mühsam heraus:

"Was ist? Du brauchst doch vor mir keine Angst zu haben!"

Canahis Kopf ruckte hoch. In den Augen schwammen Tränen, die einfach nicht fließen wollten und der Blick blieb tieftraurig. Aber irgendwie hatte die Stimme des Jungen in ihr eine Saite zum Schwingen gebracht. In die tiefe Traurigkeit mischte sich ein Hoffnungsschimmer. Sie senkte den Kopf wieder und hauchte schon fast:

"Sprich zu mir, bitte!"

Harriks Verwirrung wurde durch diese Aussage nur noch größer. Vorsichtig wagte er ein kleines Lächeln und erwiderte:

"Schau mich an, bitte!"

Canahis war erstaunt. Was geschah hier eigentlich? Aber sie tat, worum der Junge sie bat. Denn, dann würde er weiter sprechen!

"Siehst du, geht doch! Was soll ich denn sagen?"

"Egal, irgendetwas"

Harrik schaute verblüfft an dem Kind herab, dass seine Partnerin werden sollte und sein Leben mit ihm teilen würde. Der komplette Körper schien zu vibrieren, so, als bestünde die Gefahr, dass er im nächsten Moment in sich zusammen fiele. Diese Ohnmacht rührte den zwei Ernten älteren Jungen. Er streckte seine Hand aus und fragte:

"Magst du mit mir ein Stück gehen? Draußen?"

Da war sie wieder. Diese unscheinbare Bewegung. Harrik ließ seinen Arm mutlos wieder sinken und blickte kurz zur Seite. Wie war er bloß auf diese Idee gekommen? Doch zu seiner Überraschung zögerte Canahis nur kurz, bevor ein einfaches "Ja" aus ihr hervorbrach. Er machte zwei Schritte zur Tür, bevor er ihr mit dem Kopf bedeutete ihm zu folgen. Harrik verstand nicht im Mindesten was vor sich ging. Sprachlos ging er an der Seite des Mädchens über die kleine Ebene, die zum See führte. Eine ganze Zeit liefen sie so schweigend, beide mit gesenkten Köpfen, in ihren Gedanken gefangen, nebeneinander her. Schließlich nahm Canahis all ihren Mut zusammen.

"Warum sprichst du nicht?"

Harrik schielte mit einem versonnenen Lächeln zu ihr rüber.

"Ich scheine in Windeseile alle Wörter verlernt zu haben. Es fällt mir nichts ein!"

Sie sah ihn leicht strafend an.

"Na, diese vierzehn eben aber noch nicht!"

Harrik fiel aus allen Wolken. Abrupt blieb er stehen und sah dem Mädchen ins Gesicht.

"Wie vierzehn? Hattest du mitgezählt?"

Canahis sah verlegen zu Boden. Mit ihrer Schuhspitze zeichnete sie Kreise in den Sand. Aber Harrik forderte, wortlos, eine Antwort.

"Nicht direkt. Das passiert einfach so. Ich weiß immer wie viele Worte gesprochen wurden. Deine letzten waren fünf, meine werden gleich zweiundzwanzig sein."

"Ach du Schreck ..."

Mehr wußte Harrik darauf nicht zu sagen. Wortlos gingen sie zurück. Die Zeit für das zweite Treffen war wahrscheinlich schon überschritten, vor der Tür beobachteten die Väter mit genauem Blick, was die beiden taten. Je näher sie der Hütte kamen umso näher rückte Canahis an Harrik heran. Dieser registrierte es mit Interesse. Hatten sie den Rückweg noch im Abstand von einer Person angetreten, standen sie vor der Tür nur noch eine Handlänge voneinander entfernt. Aber da war sie wieder, diese Bewegung. Harrik runzelte leicht die Stirn.

"Dann ..."

"Lern die Wörter, bitte ..."

Harrik musste breit Lächeln.

"Sicher ..."

Canahis, die sich schon halb zum Gehen gewandt hatte fuhr herum und warf einen suchenden Blick in seine Augen.

"Mit Sicherheit", bekräftigte dieser die getätigte Aussage, auch wenn er vor Verwirrung gar nicht wusste, was er da versprach. Für einen kurzen Augenblick trat ein Leuchten in Canahis' Augen und sie lächelte schwach. Die Worte hallten in ihr nach: *Mit Sicherheit ... mit ... Sicherheit ... Sicherheit ...* Die leuchtenden Augen und das schwache Lächeln begleiteten Harrik fortan auf Schritt und Tritt.

Ein Treffen folgte auf das andere und die Kinder begannen, sich aufeinander zu freuen. In Canahis hatte sich das Wort 'Sicherheit' in Kombination mit Harriks Stimme derart verfestigt, dass sich hin und wieder, in unbeobachteten Momenten, ein Lächeln in ihr Gesicht schlich. Harrik begann die Scheu des kleinen Mädchens liebzugewinnen. Noch mehr gefiel ihm allerdings, wie sich diese von Treffen zu Treffen mehr verflüchtigte. Er mochte das Lächeln, das sich auf ihrem Gesicht zeigte, wenn er seine Späße trieb oder die Art, wie sie ihre linke Hand zur Abwehr hob, wenn er versuchte, sie zum Mitmachen zu animieren. Mitzumachen, wenn er in einen Baum kletterte, um - unerlaubterweise - ein paar Früchte zu rauben. Immer nur so viel, dass es für beide genügte, solange das Treffen andauerte. Mitzumachen, wenn er versuchte, einen Fisch mit bloßen Händen zu fangen. Canahis stand immer in leichter Entfernung und verfolgte das Geschehen. Zwar verringerte sich der Abstand im Laufe der Zeit, nur mitmachen wollte sie nie.

Beide wurden älter. Als Harrik zwölf Ernten alt wurde, berührte Canahis zum ersten Mal schüchtern seinen Arm. Sie hatte ihm ein

Geschenk mitgebracht. Eine kleine, selbstgebaute Truhe aus Holz. Ungefähr so groß, dass zwei Kinderhände nebeneinander hineinpassten, verziert mit den Gegenstücken der Dinge, die er ihr geschenkt hatte. Die Feder eines bunten Vogels, ein flacher, beinahe kreisrunder Stein, zarte Schneckengehäuse und Muscheln. Harrik hatte Mühe, seiner
zukünftigen Partnerin nicht um den Hals zu fallen. Als Canahis zu ihm getreten war, hatte er nämlich gerade überlegt, worin er die vielen kleinen runden, Holzstücke transportieren sollte, die er, während er schon fast ungeduldig auf sie gewartet hatte, gesammelt hatte. Er lief zur Hütte, um das Geschenk sicher bei seinem Lager zu verstauen und steckte sich mit einem verschmitzten Lächeln die kleine Flöte ein, die er aus einem dieser Holzstücke gefertigt hatte. Nun würde er seine Freundin mit einem Stück überraschen, dass er sich, über viele Übungen hin, selbst ausgedacht hatte. Wenn er ehrlich blieb, hatte er sich dabei von den Gefühlen leiten lassen, die er empfand, wenn Canahis' Gesicht vor seinem inneren Auge auftauchte. Und das tat es in der letzten Zeit immer häufiger. Wieder am Weg angekommen, an dem das Mädchen, die Arme um den Bauch geschlungen und den Wind

in den Haaren genießend wartete, konnte er es kaum erwarten, zu erfahren, was sie von seiner Musik hielt. Eilenden Schrittes überholte er sie und deutete ihr mit dem Kopf ihm zu folgen. Jene, aus ihrer Traumwelt gerissen, war von dem Moment derart gefangen genommen, dass sie ihm eher hinterher stolperte, denn lief. Was mochte er jetzt wohl wieder vorhaben? Sie war gespannt! Harrik war um einiges vor ihr an dem Platz angekommen.

Canahis blieb wie angewurzelt stehen, als sie die ersten Töne vernahm, die der Junge vorsichtig angestimmt hatte. Fröhliche Melodien wechselten mit zarten, ihr Innenleben anrührenden, Klängen. Als sie, wie von einem Band gezogen, vorsichtig näher kam - Harrik beobachtete das aus den Augenwinkeln - bemerkte sie, dass sie nicht alleine blieben. Die Schmetterlinge, die vorher in der Weite verteilt mit dem Wind gespielt hatten, kamen näher und tanzten schlussendlich über Harriks Kopf. Die Vögel in den Büschen, die hie und da auf der Ebene wucherten, waren verstummt und neigten die Köpfe zur Seite. Nur ein wenig verwunderte es das Mädchen, dass es die Vögel so genau wahrnehmen konnte. Sie fühlte sich eingebettet. Zum ersten Mal, seit sie den Rückweg vom ersten Treffen angetreten hatte, fühlte sie sich zuhause angekommen. Vorsichtig ließ sie sich an der Seite des Menschen nieder, mit dem sie für den Rest ihres Lebens zusammenbleiben wollte. Sie wusste mit untrüglicher Sicherheit, dass sie bei ihm daheim war, selbst, wenn er nicht auf dem kleinen Instrument spielen würde.

Harrik, der sich zwischenzeitlich an einem Felsbrocken gelehnt hatte, zersprang fast vor Zärtlichkeit, als er ihre vorsichtige Berührung spürte. Er wusste, dass er alles, wirklich alles tun würde, um mit ihr zusammenzusein.

Noch eine Ernte zog ins Land, dann kam der Erlass, dass alle Kinder die Insel verlassen mussten. Im Reich waren viele Feuerspucker kurz davor zu explodieren, deshalb sollten die jungen Menschen die Abläufe in den Tempeln aufrechterhalten, während die Priesterschaft sich um Evakuierungen, Heilkundiges und die Verwaltung vor Ort kümmerte. Waren Canahis und Harrik anfangs noch angetan von der Idee in die Hauptstadt zu gehen - im Normalfall hätten sie wohl nie die Möglichkeit dazu bekommen - erfasste sie die blanke Panik, als sich herausstellte, dass Mädchen und Jungen getrennt auf die Reise gehen und in unterschiedlichen Tempeln ihren Dienst verrichten sollten.

Das Lächeln, dass Harrik so sehr liebte, wich immer häufiger Entsetzen und Tränen und auch bei ihm machte sich mehr und mehr Frust und Mutlosigkeit breit. Beide waren sich doch sicher, dass sie füreinander bestimmt waren! Sie wollten sich nicht wieder loslassen. Ein Leben ohne den anderen, das konnten und wollten sie einfach nicht einsehen. Jedoch, es schien keinen Ausweg zu geben...

Die letzten freien Tage vor dem Aufbruch verbrachten sie Seite an Seite. Harrik hasste sich, ob seiner Hilflosigkeit gegenüber Canahis' heller Verzweiflung. Sie drohte den gerade erst gefundenen Halt wieder zu verlieren, es gab immer öfter Momente, an denen er sie nicht erreichen konnte. Dieser Zustand machte ihn übellaunig, sogar leicht aggressiv. An einem dieser Abende platzte es deshalb aus ihm heraus:

"Ich lasse dich nicht gehen!"

Ein kurzer Hoffnungsschimmer flackerte in den Augen seiner Freundin auf. Doch kaum hatte er ihn wahrgenommen, war das Licht auch schon wieder verschwunden.

"Und wie soll das gehen?"

Die beinahe tonlose Stimme und der gesenkte Kopf machten ihn wahnsinnig.

"Lass uns zusammen abhauen."

"Wie soll das gehen? Du weißt doch, dass sie uns auf der Insel überall finden werden."

In Harriks Kopf rumorte es. Fieberhaft suchte er nach einer Lösung. Während er auf und ab lief, meinte er:

"Dann müssen wir die Insel halt verlassen!"

Nachdem es ausgesprochen war, wunderte sich der Junge über sich selbst. Diese Idee war tollkühn. Über die Häfen würden sie nicht fliehen können und ansonsten gab es nur wenige Stellen, an denen man aufs Meer hinaus konnte. Er wollte den Gedanken gerade verwerfen, als Canahis vorsichtig einwarf:

"Nun, ja, wir haben doch die Flöße gebaut ..."

Harrik war entsetzt. Seine sonst durch und durch vernünftige Freundin, die ihn ständig vor weit weniger waghalsigen Taten warnte und versuchte, ihn von diesen abzubringen, zog einen solchen Wahnsinn in Erwägung? Er hatte nicht geahnt, wie tief die Verzweiflung sein musste, die in ihr wütete. Nachdem sich der Schreck aus seinen Knochen ein wenig gelöst hatte, sah er Canahis an.

"Das ist jetzt nicht dein Ernst, oder?"

Als sich ihre Blicke trafen, prallte er ein Stück zurück. Oh, doch, das war ihr voller Ernst! Ein paar Sekunden später bekam er die Befürchtung bestätigt.

"Doch. Bevor ich den Rest meines Lebens ohne dich verbringen muss ..."

"Bei Raheel, das ist der reine Wahnsinn! Du könntest dabei in Gefahr geraten!"

Nun tobte die pure Verzweiflung in ihm.

"Wir wissen doch beide nicht, was uns da draußen erwartet! Was, wenn du dich verletzt oder ins Wasser fällst?"

Zum aller ersten Mal erlebte Harrik das Mädchen, dass er wegen seiner Gelassenheit und Ruhe so liebte, völlig außer sich.

"Das sagst ausgerechnet du? Du, der sich furchtlos in jeden Baum begibt, der sich mit jedem wilden Tier anlegt, dass seine Herde bedroht? Es scheint mir, ich bin es dir nicht wert! Du würdest dich lieber von mir trennen, als diese Gefahr einzugehen?"

Teils strömten Canahis bei diesem wütenden Ausbruch die Tränen auch aus aufkommender Enttäuschung über das Gesicht. Sollte sie sich so getäuscht haben ... Noch mit der Zornesröte auf den Wangen drehte sie sich von ihm weg und rief:

"Dann tu ich es eben alleine. In den Tempel gehe ich jedenfalls nicht. Hunderte Menschen und trotzdem allein ... niemals! Dann kann es mir auch egal sein, ob ich da draußen verhungere oder verdurste!"

Einen Moment, der ihm wie eine Ewigkeit vorkam, konnte Harrik nichts sagen oder tun. Wie konnte sie nur auf einen solchen Gedanken kommen? Das war nicht gerecht. Das Mädchen lief ihm in Richtung des Sees davon. Dort waren die Flöße festgemacht! Als ihm klar wurde, was das bedeutete, sprintete er seiner Freundin hinterher. Diese hatte mittlerweile einen ordentlichen Vorsprung, sodass der Junge sämtliche Kraft aufbringen musste, um sie noch vor dem See einzuholen. Schließlich griff er nach ihrem Oberteil und riss sie aus vollem Lauf um.

"Sieh mich an, verdammt noch mal. Sieh mir in die Augen und wiederhole deine letzten Worte!"

Auf merkwürdige Weise verströmte Harrik eine solche Macht, dass Canahis schließlich aufhörte zu strampeln und stattdessen wieder in Tränen ausbrach. Erst, als sie ruhig unter ihm lag, atmete auch Harrik hörbar aus. Er konnte die Anstrengung nicht verbergen und lockerte ein wenig den Griff, mit dem er Canahis zarte Handgelenke umfasst hatte, um sie über ihrem Kopf auf die Erde zu drücken. Auch tat ihm die Schläfe ein wenig weh. Canahis hatte ihn dort mit der Faust erwischt. Ungewollt trat ein breites Grinsen auf sein Gesicht. *"Sehr schön! Jetzt lasse ich mich schon von meiner Freundin verprügeln!"*, war seine gedankliche Reaktion auf das Gepoche. Wieder ernst fragte er:

"Kann ich dich loslassen oder schlägst du dann weiter auf mich ein?"

Immer noch schluchzend schüttelte das Mädchen den Kopf.

Harrik atmete noch einmal tief durch und ließ sich dann neben ihr nieder.

"Gut, dann höre mir jetzt genau zu. Du gehst nirgends ohne mich hin, klar? Wenn du das wirklich willst, komme ich natürlich mit. Aber überlege dir das bitte noch einmal ganz genau. Wenn ich von einem Baum falle, breche ich mir die Knochen, im schlimmsten Fall das Genick. Dann bin ich tot. Wenn uns draußen, im großen

Gewässer etwas zustößt, ist niemand da, der zu Hilfe eilen kann. Wir wissen nicht, was uns da erwartet, wie lange wir unterwegs sein müssen, ob wir vielleicht angegriffen werden, von einem dieser riesigen Tiere, von denen die Seefahrer berichteten. Ich will nicht, dass du unglücklich bist. Aber noch weniger will ich, dass du Schmerzen ertragen musst und leidest. Ich will, dass du lebst. Dass du gut lebst. Du sollst glücklich sein!"

Ob des eindringlichen Blickes ihres Freundes wurde Canahis ganz kleinlaut. Trotzdem war sie sich sicher.

"Das kann ich aber nicht! Ich brauche deine Stimme, deine Nähe, dich. Mein Zuhause. Ich wäre lieber tot, als irgendwo auf dieser Welt, ohne dich."

Dieses Flehen in ihrem Blick ließ Harriks Beine noch weicher werden, als sie von dem Spurt eh schon waren. Noch ein tiefer Blick in ihre Augen und ihm war klar, es gab für ihn entweder eine Zukunft mit seiner Freundin oder es gab keine Zukunft. Die Flucht war beschlossene Sache.

Sie hatten die Nacht des Wettkampfes gewählt. Ungeduldig warteten sie darauf, dass die Stimmen der Priesterschaft, welche sie unterrichtet hatten, endlich verstummten. Dann schlichen sie aus ihren

Zelten, rannten zum See und banden ein Floß los. Gemeinsam trugen sie das Holzgefährt hinter dem Berg entlang, durch den Wald, an die einzige Stelle, an der das große Gewässer, außerhalb der Häfen sicher zu erreichen war. Der Größenunterschied ließ diese Prozedur zu einem anstrengenden Akt werden und mehr als einmal mussten sie pausieren. Das taten sie jeweils dort, wo sie den Proviant für die Überfahrt gelagert hatten. Doch schließlich, nach langem Marsch und tausend ausgestandenen Ängsten, erwischt zu werden, hatten sie es geschafft. Vor ihnen lag das große Gewässer. Sie mussten nur noch dem Pfad folgen, der von der Klippe zum schmalen Sandstreifen führte.

Das Wasser tobte und drohte. In den letzten Tagen hatte es ungewöhnlich viel geregnet und ein starker Wind hatte das Arbeiten an der frischen Luft zur Tortur werden lassen. Harrik griff nach Canhis' Hand. Diese ging vor ihm den Weg hinunter. Als sie sich leicht zu ihm umdrehte, wäre ihnen das Floß beinahe von den Händen gefallen.

"Bist du dir wirklich sicher?"

Beim Anblick des tosenden Gewässers waren Sorgenfalten auf seine Stirn gezogen.

"Siehst du denn nicht, wie stark die Wellen an die Küste schlagen? Noch können wir umdrehen und an einem anderen Tag den Start wagen ..."

"Wann denn? In Kürze werden sie uns trennen! Denk doch, der Wettkampf läuft noch von diesem Sonnenaufgang bis zum Sonnenuntergang. Wie sollen wir danach noch unbemerkt entkommen? Nein, es muss jetzt sein!"

Mit jedem Schritt wurde es Harrik mulmiger.

"Canahis, bitte, das ist im Moment wirklich gefährlich ..."

"Kommst du?"

Canahis ließ keine Widerrede mehr zu. Harrik wusste, sie würde das Floß allein besteigen, wenn er ihr nicht zügig folgte. Trotzdem. Je näher sie den Wellen kamen, umso unwohler fühlte er sich. Sein Herz pochte wie wild und seine Muskulatur verkrampfte in einer Art dunkler Vorahnung.

"Canahis ..."

Doch er schloss den Mund wieder. Er wusste, es hatte keinen Zweck. Sie schoben das Floß über den Strand, legten sich, nachdem sie den Proviant festgezurrt hatten, auf das Holz und ließen sich von der nächsten Welle ins Wasser ziehen. Kaum hatten sie sich aufgerappelt, schlug die erste, wütende, Welle auf das Gefährt. Harrik konnte seine Freundin gerade noch am Arm festhalten, sonst wäre sie ins Wasser gestoßen worden. Als die Welle den Rückweg antrat, wurden sie ein gutes Stück ins offene Gewässer getrieben. Gerade wollte Harrik aufatmen und sich ein wenig entspannen, da drückte eine riesige Welle unter das Floß. Die beiden krallten sich aneinander und an dem Holz fest, dass es weh tat, doch sie hatten keine Chance. Die Welle katapultierte sie geradewegs an das Gestein der Klippe, von der aus sie ihr Abenteuer begonnen hatten. Das Floß samt Proviant wurde auf sie geschleudert. Erst dort wurden sie durch den Aufprall voneinander getrennt und vom zurückweichenden Wasser mitgezogen. Aus den Augenwinkeln nahm Harrik noch wahr, dass Canahis in den Wellen nach Luft schnappte. Zudem, dass die beiden Priester, die ihn auf die Reise vorbereitet hatten, in die Fluten gesprungen waren, um ihnen hinaus zu helfen. Dann wurde ihm schwarz vor Augen ...

Es war düster um ihn herum. Das Einzige, was er erkennen konnte, war, dass Canahis durch die Dunkelheit lief und nach ihm rief. Noch einmal sah er ihr Gesicht ganz deutlich vor sich, dann entfernten sich Körper und Stimme immer weiter. Harrik versuchte verzweifelt, Canahis zu folgen, doch er schaffte es einfach nicht. Schließlich war nur noch Nacht um ihn herum.

Bis er irgendwann die Augen aufschlug. Er befand sich auf seinem Lager. Um ihn herum war geschäftiges Treiben. Sowohl die Eltern, als auch die Priesterschaft machten sich ständig mit irgendetwas an ihm zu schaffen. Von Canahis keine Spur. *"Nun"*, dachte er, *"sie wird wohl in ihrem Elternhaus gepflegt werden"* und schlief wieder ein.

Doch mit jedem Aufwachen verfestigte sich die Erkenntnis, das Canahis nicht mehr da war. Um Harrik herum begann es grau zu werden. Die Sonne hatte keine Wirkung auf ihn, die aufmunternden Worte von Freunden und Familie erreichten ihn bald nicht mehr. Verzweifelt versuchte er, das Bild von seiner Freundin zurückzuholen, doch es tauchten nur Erinnerungen auf. Und jede Erinnerung schmerzte ihn mehr. Es war tatsächlich so, ohne Canahis gab es für ihn keine Zukunft. Davon war er fest überzeugt.

Sein Körper heilte rasch, doch das war ihm egal. Je mehr Zeit verging umso weniger interessierte ihn, was um ihn herum vor sich ging. Ihn beherrschte nur noch der eine Gedanke: *Canahis ist tot und ich bin schuld. Ich hätte sie von diesem Wahnsinn abbringen müssen!*

Mit jedem Sonnenaufgang war die Wunde, die der Verlust gerissen hatte, größer geworden. Doch er ließ sich nichts anmerken. Sein Entschluss war gefasst. Er hatte seiner Freundin versprochen, sie nicht alleine zu lassen. Also würde er ihr folgen. Mit Sicherheit.

Er wartete auf eine passende Gelegenheit, wieder an die Stelle zurückzukehren, an der er Canahis zum letzten Mal gesehen hatte. Vom höchsten Punkt der Klippen aus blickte er über das Wasser. Plötzlich hörte er sie wieder! Canahis weinte und rief nach ihm.

"Hör auf zu weinen, Kleines. Ich komme!"

Er ließ sich nach vorne fallen und stürzte kopfüber in die Tiefe...

Über die Autorin

Faiyra Zann ist gebürtige Hildesheimerin und hat ihr gesamtes, bisheriges, Leben in diesem Landkreis verbracht.

2004 erschien ihr Erstlingswerk „Magic For US" beim Smaragd-Verlag.

Erst 2012 kam sie wieder dazu, sich der Schriftstellerei zu widmen.

„Novemberperlen"

„Augen ohne Gesicht"

„Nebel über Eden"

„Ein Chaot unter Chaoten"

sind seitdem entstanden. Weitere Werke sind in Arbeit.

Ihren Lebensunterhalt sichert sich die Autorin auch als Texterin.